눈물이 흐를 때까지

눈물이 흐를 때까지

발 행 | 2023년 7월 12일
저 자 | 박예린
펴낸이 | 한건희
펴낸곳 | 주식회사 부크크
출판사등록 | 2014.07.15(제2014-16호)
주 소 | 서울특별시 금천구 가산디지털1로 119 SK트윈타워 A동 305호
전 화 | 1670-8316
이메일 | info@bookk.co.kr

ISBN | 979-11-410-3630-0

눈물이
흐를
때까지

박예린 지음

CONTENT

1장 증오는

"청소년 미술 경시대회 이달의 대상자는.."

"박현서 학생입니다!"

 모두의 환호성이 터지는 대회장, 사회자는 나의 이름을 불렀고 나를 향해 우승 트로피를 건넸다. 난 기쁜 마음에 활짝 웃으며 트로피를 받았고 곧이어 관객석에선 카메라 빛이 터져 나오기 시작했다.

 나는, 마치 모두의 구경거리가 되어도 좋다는 듯이 마냥 웃었다. 그리고 그 관객 사이를 빠르게 훑어보았다. 관객석 어딘가에 있을 거라고 믿었던 어머니는 보이지 않았다. 그 어디에도..

 난 시상식이 끝난 뒤, 대회장을 나와 차를 향해 걸어갔다. 차 안엔 누군가와 통화를 하던 어머니가 보였다. 내가 차에 타자, 어머니는 통화를 마치고 차를 출발시켰다. 통화를 마친 어머니를 향해 나는 활짝 웃으며 나의 대상 소식을 전했다.

"어머니! 저 이번 대회에서도 대상 받았어요!.."

"호들갑 떨지 마. 현서야, 네가 우승하는 건 당연한 거야."

언젠가부터 어머니는 이런 식이었다. 내가 대회에서 우승을 해와도 기뻐해 주지 않았다. 칭찬해 주지 않았다. 오히려 당연하다고 말씀하셨다.

분명 내가 첫 대회에서 우승했을 땐 이러지 않으셨는데. 언젠가부터 어머니는 점점 변해 갔다.

내가 8살 때 처음 그림에 재능이 있다는 걸 알았다. 그로부터는 쭉 미술 학원에서 그림을 그렸던 기억밖에 없다. 물론 그때는 내가 그림 그리는 것이 너무 즐거워 친구들과 놀지 않고 그림만 그렸던 것이었다. 그리고 7개월 후 첫 청소년 미술 경시대회에 내 그림을 출전했었다.

출전 당시 내가 선택했던 그림은 주위에서 별 호평받지 않던 그림이었다. 오죽하면 어머니께서도 다른 그림을 제출하는 건 어떠냐는 권유도 받았었다. 하지만 어릴 적 내 눈엔 그 그림이 내가 그렸던 그림 중 가장 예쁜 그림이라 생각해 고집을 부렸고, 그 때문에 어머니도 할수없이 그 그림을 제출하는 걸 허락했었다.

 그 덕분에 난.. 첫 청소년 미술 경시대회에서 대상을 받을 수 있었다. 대상의 소식에 어머니는 그 누구보다 기뻐하셨다. 너무 기뻐 나에게 눈물 몇 방울을 보여 줬던 것이 생각난다.

 하지만 지금의 어머니는 기뻐하지 않는다. 오히려 당연하다고 생각하신다.

 어릴 땐 그림 그리는 것이 너무 즐거웠다. 그림만 그리고 있으면 아무런 생각이 들지 않았다. 그저 내 손이 자신의 감정을 그림으로 표현하는 것 같았다. 그림으로는 내가 하고 싶었던 것, 내가 가지고 싶었던 것들을 가질 수 있었기 때문이었다.

멍하니 생각에 잠긴 채 창밖을 바라보다, 익숙한 풍경에 집에 도착했다는 걸 알았다. 난 차에서 내려 어머니와 함께 집 안으로 들어갔다. 현재 살고 있는 이 주택은 내가 어릴 적부터 살던 집이 아니다. 예전에 살던 그 집보다 지금 이 집이 더 크고 내부도 더 화려하며 세련되었다. 누군가가 보기엔 너무나 부러워하는 삶이지만, 난 그렇게 생각하지 않는다.

오히려 원하지 않는 삶이라고 생각한다.

가끔은 다른 내 또래 아이들처럼 엄마 아빠랑 놀러 가고 싶고, 내 또래 친구들과 놀러 가고 싶다는 생각한다.

하지만 난 그림을 그려야 한다.

어차피 난 아빠도 친구들도 없으니 상관없는 일이 될지도 모르겠다.

아빠는 내가 6살 때, 유치원에 있던 나를 데리러 오다가

사고를 당해 돌아가셨다고 했다. 그 뒤론 쭉 어머니 혼자 나를 키우셨다. 당시 어머니는 남편을 잃었음에도 혹여나 내가 이 사실을 알게 된다면 슬퍼할까 걱정돼 울지도 못하고 아빠가 여행을 간 거라 선의의 거짓말을 하셨다. 내가 점점 커가면서 여행을 갔다는 말의 뜻을 이해했다. 그리고 그 무렵의 나는 그동안 어머니 혼자 마음고생을 했을 거라 생각하니 너무 미안해 아빠의 사진을 그림으로 그려 선물 했던 적이 있다.

 그때의 어머니는 말로는 기뻐하셨지만, 얼굴로는 누구보 다도 슬픈 얼굴로 울고 계셨었다. 그 모습을 잊고 싶지 않 아 머릿속 깊숙이 박아 두었다. 그리고 어머니의 초상화를 그려 대회의 출전했던 적이 있었다. 예전 집에는 아빠의 그림과 어머니의 그림이 전시되어 있었지만, 이젠 아니다. 지금 집엔 아빠의 그림, 어머니의 그림은 그 어디에도 찾 아볼 수 없다.

 내 방에도, 어머니의 방에도, 현관 복도에도, 거실에도..

나도, 내 또래 친구들이 없지 않았다. 그림을 접하기 전까지만 해도 친구가 많았으니까.. 매일 그날의 공부량을 끝내면 집 밖에서 친구들과 뛰어놀았다. 그만큼 친구들과 노는 것을 좋아했다. 하지만 그림을 접하고 나서는 줄곧 집, 아니면 미술 학원이었다. 그니까 친구들과의 사이도 자연스레 멀어졌다.

언제부턴가 난 혼자였다. 혼자라고 느껴지면서 나는 외톨이가 된 기분이었다. 주변은 아무것도 없는 사막 같았고 난 아무도 오지 않는 사막에서 매 말라가는 오아시스 같았다.

그런데도, 어머니 만큼은 항상 계시던 그 자리 그대로 내 곁에 머물러 주셨다. 그러기에 어머니가 해 달라는 걸 모두 해 드리고 싶었다. 기쁘게 해 드리고 싶었다. 누구보다 행복하게 해 드리고 싶었다.

현관문을 열자, 어머니는 뒤도 돌아보지 않고 발걸음을 서재로 향하셨다. 나는 내 방으로 향하다 말고 뒤를 돌아 어머니를 한번 바라보곤 다시 뒤돌아 방으로 들어갔다.

내 방은 다른 애들과 다르지 않게 평범하다. 집이 크고 내부가 화려하다고 내 방까지 화려하진 않았다. 내 방은 평범하게 침대와 책상 그리고 책장만 있다. 내 방에서 평범하지 않은 건 책장 뿐이었다. 책장에는 책이 아닌 노트들로 가득 채워져 있었다. 그 노트들은 내가 그린 그림들이었었다.

남들이 보기엔 놀랄 만한 노트의 양이겠지만, 어머니 만큼은 놀라지 않으셨다. 오히려 만족 해하셨다. 당연시하셨다.

그리고 내 방의 특이한 점은 방 안에 또 다른 방이 있다는 것이었다. 그 방은 내 방과 다르게 엄청 넓었다. 그리고 높았다. 지금 집은 어머니께서 건축 설계사분께 직접 의뢰해지은 집이다. 그렇기에 어머니는 내가 마음껏 그림 그릴 수 있는 공간으로 정하고 지은 것이다. 처음엔 기뻤다. 어머니께서 나를 위해 이런 공간을 만들었다는 생각에. 하지만 현실은 달랐다.

난 학교가 끝나고 학원에 가지 않는다. 오로지 집에서만 공부했다. 혼자 공부를 해왔기 때문에 혼자 하는 것에 익숙해 있었다. 그리고 문제없이 평범한 점수를 받아왔다. 지금도 그렇고. 내가 공부를 하고 있으면 어느 순간 어머니가 내 방에 들어오신다. 들어오고 난 뒤, 날 작업실로 내쫓으신다. 난 그렇게 공부를 하던 도중에도 그림을 그려야 했다. 어머니는 내가 아파도, 쓰러져도 날 그 방으로 내쫓으셨다.

그렇게 하니 어느 순간부터는 내가 알아서 들어가 그림을 그리고 있었다. 그러면 어머니가 나를 작업실로 내쫓으러 와도 이미 들어가 있는 것을 확인만 하고 아무 말없이 조용히 나가신다. 그리고 그 공간에 감시용 카메라를 설치해 한 번씩 나를 감시하신다. 난 불만을 느껴도 아무 말도 할 수 없었다.

처음에 내가 원해서 시작한 일이니까.. 내가 그림 그리는 걸 좋아해서 이 지경에 이르렀으니까.. 그림 그리는 것이 좋았던 내가 이제는 멍청이같이 느껴졌다.

이런 식으로 그림을 몇 년 그리다 보니, 점점 그림에 대한 재미를 잃어갔다. 아니 잊어버렸다.

내가 처음 그림을 그렸던 그날.. 느꼈던 그 재미는 점점 나에게서 멀어져 가고 있었다.

그래도 어머니를 기쁘게 해 드리기로 나 자신과 약속했으니 그 약속을 지키기 위해 억지로라도 그림을 그렸다. 재미를 잃고, 그린 그림에는 전과 달랐다. 물론 다른 사람 눈에는 평소 같아 보인다고 했다. 하지만 나의 눈에는 달랐다. 너무 달랐다. 이게 내 그림이 맞나 할 정도로 내 눈엔 달라 보였다.

난 나의 그림이 망가지는 것이 내 눈에 보였다.

난 나의 마음이 망가지는 것이 내 눈에 보였다.

하루라는 시간이 너무 짧았다.

일주일이라는 시간이 너무 짧았다.

한 달이라는 시간이 너무 짧았다.

일 년이라는 시간이 너무 짧았다.

그렇게 시간이 지나고 지나 이 지경에 이르렀다.

이 지경에 이르기까지의 시간은 너무 짧았다.

지금의 난 그림 그리는 방 안, 한가운데에서 아무것도 칠하지 않아 깨끗한 캔버스와 그 캔버스를 칠하기 위해 물감을 짠 팔레트를 들고 멍하니 빈 곳만 쳐다보고 있다. 머릿속엔 더 잘 그려야 한다는 생각만이 존재했다.

재미를 잊기 전의 나였다면 잘 그려야 한다고 생각하지 않았을 것이다.

재미를 잊기 전의 나였다면 이미 그림을 다 그리고 다음은 어떤 것을 그릴지 고민하고 있었을 것이다.

더 잘 그려야 한다는 틀에 박혀 있던 난 그 틀 밖으로 나오려 하지 않았다. 아니.. 나오지 못하고 있던가.. 한참을 생각만 하다 손에 들려 있는 붓을 한번 쳐다보곤 그림을 그리기 시작했다.

어릴 적의 난.. 생각하며 그림을 그리는 건 의미 없는 행동이고, 쓸 대 없는 행동이라고 생각했다. 하지만 지금 내가 하고 있는 행동을 봐!. 얼마나 의미 없고 쓸 대 없는 행동을 하고 있는지.. 예전의 난 이런 행동들을 하고 있었던가? 아니 전혀..

예전의 난 캔버스와 물감, 팔레트만 있다면 신이나 그림을 그렸다. 한번은 어떤 TV 프로그램에서 내가 그림 그리는 걸 영

상으로 담고 싶다며 우리 집을 방문한 적이 있었다. 그때.. 촬영을 하시던 감독님은 내가 그림을 그리는 걸 보고 있으면 마음이 편안해 진다고 말했다.

그만큼 난 보는 사람의 마음도 편안하게 만드는 그림을 그렸지만, 지금은 그러지 못한다. 지금의 난 그림을 그릴 때 나 자신도 신이나지 못하니까..

내가 신나서 그림을 그려야 보는 이들도 편안함을 느낄 수 있다. 지금 난 무엇을 하고 있나..

어릴 땐 마음과 머리를 비우고, 손은 캔버스 위를 춤추듯 그림을 그렸다. 그렇기에 내가 그림을 즐길 수 있었다. 그렇기에 보는 이들도 편안함을 느낄 수 있었다.

지금의 난 캔버스에 그림을 그린다. 하지만 손은 캔버스 위를 춤추지 않는다. 머리가 꽉 차 있다. 마음이 꽉 차 있다.

완벽해야 하니까. 더 잘 그려야 하니까. 이런 생각들이 머릿속의 가득 채워 결국은 숨이 막혀온다.

포기하고 싶다는 생각이 든다.

내가 그림을 포기하고 싶다는 생각이 든 것은 처음이었다.

요즘은 내가 계속 그림을 그리는 것이 옳은 일인지 헷갈린다. 머리가 어지럽도록. 어머니께 진지하게 상담을 부탁드려 볼까도 생각했지만, 어머니께서 실망해하실 모습을 생각하니 그럴 수 없었다. 난 어머니를 기쁘게 해 드려야 하니까. 그게 딸로서 옳은 일이라고 생각했다. 그렇기에 더욱 상담할 수 없었다.

머리가 아파왔다. 방금 대회도 끝내고 온 참인데, 아이디어는 떠오르지 않고 포기하고 싶다는 생각까지 들고 있으니 아파져 올 만했다. 이를 악물고 버텼다. 버티며 그림을 그렸다.

그러더니 눈앞이 흐려졌다.

그대로 의식을 잃는 것 같았다.

의식을 잃어 쓰러지기 전 생각 했다.

'만약 내가 쓰러진다면 어머니께서 쓰러진 나를 보곤 눈물을 흘리며 걱정하시진 않을까?'라는 생각이 들었다.

아마 예전처럼 그림을 그리지 못하는 것은 어머니께서 나를 신경 써 주지 않기 때문이 아니었을까?

바보 같은 생각은 집어치웠다. 어머니께서 날 신경 안 쓰실리가 없으니까. 내가 어머니를 사랑하는 것처럼 어머니도 나를 사랑하고 계실 거라고 믿었다.

쓰러진 뒤 깨어난 곳은 다름 아닌 그 자리, 그 방 안이었다.

어머니는 날 향해 걱정해 주 시지 않으셨다. 날 향해 눈물도 흘리지 않으셨다. 난 그대로 방치되어 있었다. 감시 카메라는 계속 작동하고 있었고, 어머니는 나를 지켜보고 계셨다. 언제부터 날 지켜보고 계셨던 건진 모르겠다. 하지만 확실한 건 어머니는 아픈 날 방치하셨다.

날 무시하셨다.

어머니에 대한 배신감이 몰려왔다. 이날, 이 순간은 어머니가 너무 원망스러웠다.

그리고 난.. 어머니를 향해 남몰래 악한 감정을 키워 가기 시작했다.

다음날 어머니는 날 보고도 무시하고 지나쳐 가셨다. 어제 내가 쓰러진 걸 아는 눈치였다.

그런데도 어머니는 괜찮냐는 말 한마디가 없으셨다.

확신이 들기 시작했다.

'어머니는 예전처럼 나를 사랑지 않는다.'

어머니는 변하셨다.

내가 알던 어머니가 맞나 싶다.

지푸라기를 잡는 심정으로 며칠만 더 지켜보려 한다. 어머니가 아직 날 사랑할 수도 있으니까.. 부끄러워서 표현을 못 하는 것일 수도 있으니까..

어머니께 마지막 기회를 드리는 셈 쳤다.

그렇게 며칠이 지나도 어머니는 변하지 않았다. 옛날의 따뜻했던 모습은 그 어디에도 없고 차가운 눈보라만 남은 것 같았다. 그리고 그 눈보라가 내 몸과 마음을 스쳐 지나가며 날 싸늘하게 만들었다.

점점.. 숨이 막혔다.

이젠 진짜 혼자다. 사막도 아니다. 사막은 뜨거운 햇빛이라도 비추지.. 지금 난 햇빛도 존재하지 않는, 눈보라가 불어 앞도 보이지 않는 허허벌판에 있는 것 같다. 그만큼 추웠다.

그만큼 혼자인 게 무서웠다.

하지만 어머니가 날 더 이상 사랑하지 않는다는 걸 이제서야 알게 된 난.. 나 자신이 너무 바보 같아 보여 싫었다. 미웠다. 그리고 깨달았다.

어머니 또한 날 사랑하지 않으니, 날 사랑해 줄 수 있는 건 오직 나 자신 뿐이란 걸.. 오늘부턴 어머니가 원하던 일을 더 이상 하지 않을 것이다. 어머니를 기쁘게 하는 일 같은 건 하고 싶지 않다. 아니 하지 않을 것이다.

내게 그림이란 즐거움과, 행복을 뺏어 갔던 어머니를 죽을 때까지 괴롭게 할 것이다. 나 또한 괴로웠으니까.. 어머니도 괴로 워져야 한다.

누구는 내게 말할 것이다.

힘들게 키워 주신 어머니를 어떻게 괴롭게 할 수 있냐고.. 하 지만 그녀는 나의 전부였다. 나의 전부라고 생각했던 사람이 내게 죽을 만큼의 두려움을 주고 고통을 주었으니.. 그녀도 그 만큼 당해도 괜찮을 것이다.

이제 어머니란 사람은 나와 관계없는 사람이다. 이제부터는 어머니가 아닌 그 여자다.. 그 여자가 내게 더 이상의 기대를 하지 않고 부담감을 주지 않는다면, 난 그저 괴롭히는 선에서 끝낼 것이다.

나도 참고 살았으니.. 이젠 그동안 내가 참은 만큼 되돌려 줄 것이다. 부디 기대해 줬으면 좋겠어.. 엄마..

그날 저녁 난 앞으로 어떻게 그 여자를 괴롭힐 수 있을까 계 획을 짜기 시작했다. 이런 계획을 짜고 있으니 내가 정말 살아 있는 것 같았다.

계획을 짜고 있을 땐 살아 있는 것 같았지만, 결국 머릿속이 뒤엉켜버려 다시 숨이 가빠졌다. 그렇게 머리도 식힐 겸 작업실로 들어왔다. 작업실에는 내가 그린 수많은 그림이 나를 반겼다. 나를 반기는 그림들을 둘러보았다. 이렇게 있으니 마치 미술관에 온 기분이었다.

내가 그렸던 그림들을 보니 몸과 마음이 다 편안 해졌다. 그러다 한 그림에 멈춰 섰다. 그 그림을 보고 있자니.. 마치 늪에 빠져드는 기분이 들었다.

그림은 그 여자의 어머니, 돌아가신 나의 할머니의 그림이었다. 할머니는 착했지만, 때로는 그 여자를 힘들게 했다고 들었다. 그 여자에게 할머니의 사진을 그려 선물했던 적이 있었다. 하지만 지금은 더 이상 소용없다. 내가 선물한 그림은 더 이상 받지 않으니..

그림 속 할머니는 품위 있고 자상해 보였다. 어딘가 그 여자를 닮아 보였다. 기분 탓으로 넘기기엔 너무 닮아 있었다. 마치 그 여자가 죽은 자신의 엄마를 따라하듯..

할머니가 그려져 있는 그림을 보고 있자니, 그 여자가 떠올라 토가 쏠려 더 이상 볼 수 없었다. 그렇게 할머니의 그림을 지나 다음 그림으로 발걸음을 옮겼다.

한 발짝 한 발짝 서 있던 장소를 옮기며 시간을 보냈다. 다행히도 감시 카메라는 작동하지 않았다.

순간 몸이 간질거리는 느낌에 난 단번에 알아차렸다. 난 아직 그림을 완전히 포기한 것이 아니란걸..

그리고 싶다는 마음이 들었을 때 마음껏 그림을 그려야겠다고 생각했다. 그리고 바로 그림 그릴 준비를 했다.

캔버스를 놓고 팔레트엔 물감을 짰다. 배경을 빨간색으로 칠했다. 그 여자가 잘 알아볼 수 없게 어린아이의 그림처럼.. 얼굴은 동그랗게.. 상체는 네모로.. 하의의 치마는 세모나게 그렸다. 그리고 팔다리도 그려주었다.

슬픈 표정으로 목을 매달고 죽어 가는 모습으로.. 점점 완성되어가는 그림을 보고, 난 약간의 희열감을 느꼈다.

그 여자를 죽이는 그림으로 희열감을 느끼는 내 모습에 알수 없는 감정들이 몰려왔다.

내가 그 여자를 괴롭히려고 마음먹었을 때와 다르게 지금의 난 아직 마음의 준비가 덜 되어 있었다는 걸 알아차렸다. 고작 그림 하나에 희열감을 느끼고, 또 그 희열감에 이상함을 느끼는 것이 딱 그랬다.

그렇게 일주일이라는 시간이 흘렀고.. 그 사이에 그 여자를 죽이고 싶다는 생각까지 들었다. 악 감정이 점점 늘어갔다.

그 여자는 내가 밥을 먹고 있을 때면 슬쩍 다가와 밥을 먹는 것에 대해 지적했다. 그리고 그 여자는 내가 잠을 자고 있으면 내 방에 들어와 날 깨워 그림을 그리게 했다.

그 덕에, 난 밥을 제대로 먹지 못해 허기지고 때론 눈치를 보며 먹었기에 체하기도 했다. 그리고 밤에는 잠을 제대로 자지 못해 다음 날 아침이 되면 항상 피곤했다. 이런 이유로 내가 점점 미쳐가는 것 같은 느낌이 들었다.

그 여자랑 더이상 같이 있고 싶지 않다.

그 여자를 더 이상 보고싶지 않다. 이젠 정말 마음의 준비가 된 것 같다.

내일부터 58일.

58일 뒤 그 여자를 죽일 것이다. 그 여자 때문에 내가 살지 못할 것 같으니.. 나도 지금까지 받은게 있으니까 58일이라는 시간.. 기회를 주는 것이다.

그렇지 않았더라면 난 가차 없이 그 여자를 죽였을 테니까.. 지금의 난 그 여자를 증오하니까..

오늘은 2023년 11월 3일 토요일.. 내일부터 그 여자의 생명이 깎여 간다.

그 여자가 죽는 날은 2024년 1월 1일 새해 첫날이다. 별써부터 기대가 된다. 그 여자가 마지막으로 어떤 표정을 지을지..

2장 나는

그 여자를 죽이고 싶은 마음은 변함없다. 앞으로의 계획이 생겼다. 난 그 여자의 슬픔 따위엔 관심이 없다. 그저 난 그 여자의 마지막이 절망의 찌들어 있는 얼굴을 보고 싶은 것이다.

그렇기에 인터넷에 여러 정보를 모으기 시작했다. 어떻게 하면 사람을 가장 괴롭게 만들 수 있는지에 대해 검색했을 때, 내가 원하던 답이 없어 한탄하고 있었다. 그러다 우연히 한 글에서 눈을 떼지 못하고 계속해서 멍하니 바라보고 있었다.

그 글의 내용은 짧았다.

'그 사람의 일부가 되어, 어느 정도가 되면 떠나세요. 그게 그 사람을 가장 괴롭게 만드는 일이니까요.'라고 쓰여 있었다.

난 이 글을 읽고 많은 생각이 들었다. 왜냐면 거짓말처럼 다 맞는 말이었기 때문이었다.

한때 그 여자는 나의 일부였다. 그만큼 믿고 의지하고 무엇보다 신뢰했다. 하지만 그 여자에게 배신당했을 땐…

나의 세상이, 나의 하늘이 무너져 바닷속 깊은 곳으로 가라앉는 느낌이었다.

사람은 신뢰를 베풀 줄 안다. 사람은 배신할 줄 안다. 사람은 그 배신에 슬픔을 느낄 줄 안다.

그 여자가 사람이라면 사랑은 안 해도 신뢰는 할 줄 알 것이다. 또 그 신뢰에 배신당하면 슬픔을 느낄 줄 알 것이다.

내가 느꼈으니까 더욱더 잘 알고 있다.

난 그 여자에게서 신뢰를 얻으려고 애를 쓸 것이다. 그리고 신뢰했던 내게 배신당하면 그 여자도 자신의 세상이, 하늘이 무너져 바닷속 싶은 곳으로 가라앉는 느낌을 알게 될 것이다.

하지만, 그 느낌을 알게 된다 해도 그 여잔 얼마 못 가 죽게 될 것이다. 세상의 모든 것을 잃은 표정으로..

그렇다면 난 그 여자를 보며 웃을 것이다. 세상의 모든 것을 얻은 표정으로..

그 누구보다 밝고 행복하게 웃으며 말해줄 것이다.

당신이 나의 모든 것들을 빼앗았으니 나 또한, 당신의 모든 것을 빼앗을 것이라고. 꼭 말해 줄 것이다. 내 모든 걸 걸고..

2023년 11월 7일 D-55

지난 3일간 그 여자의 신뢰와 믿음을 얻기 위해 노력했다. 그 여자는 그림 그리는 나의 모습을 평소에 좋아하는 듯했다, 그래서 계속 그림만 그렸다. 그러다 문득 이대로 가다 간 신뢰의 '신' 자도 못 얻을 것 같다는 생각이 들었다.

그 여자의 분위기와 닮은 풍경화를 그려 선물했다. 다른 그림들과 다르게 그 풍경화는 받았다. 그리고 그 여자는 피식 웃더니, 풍경화를 자신의 서재로 가져갔다. 아마 그 풍경화가 마음에 들었던 모양이다. 앞으로 이런 그림들을 그려 주기적으로 선물하다 보면 언젠가 신뢰를 얻을 수 있겠지..

그리고 조만간 미술 대회가 열린다. 그곳에서 그 여자가 좋아하는 상금과 트로피를 받아 신뢰를 얻을 것이다.

그 여자는 내가 각종 미술 대회에 나가 받은 상금으로 회사를 차렸고, 그 회사의 대표가 되었다. 그만큼 난 많은 대회에 나갔고, 대회마다 대상을 휩쓸었다. 그 상금들로 인해서 그 여자가 이렇게 바뀐건지 아직 정확하지 않다. 하지만 나의 추측으로는 맞는 것 같다.

2023년 11월 10일 D-52

그 여자에게서 신뢰를 얻을 만한 방법이 떠올랐다. 그 여자가 차린 회사는 그림에 재능이 있는 어린이들을 성장시켜 주며 상금의 일부 정도를 받는 회사이다. 나의 계획은 내가 그 회사의 어린이들을 교육자의 역할로 들어가는 것이다. 그 여자라면 나의 재능 기부를 받아들일 것 같았다. 오랫동안 지켜봐 왔으니 반드시 그럴 것이다.

2023년 11월 13일 D-49

그 여자는 내 예상대로 나의 제안을 받아들였다. 나이는 어리지만, 가능할 것 같다고 대답했다. 아마 내일부터면 그 회사에 출근하게 될지도 모른다. 그리고 오늘 그 여자가 학교에 자퇴서를 제출했다. 이렇게까지 할 필요가 있나 싶었지만, 그 여자의 성격상 일단 저지르고 보는 성격이라.. 난 그냥 그 장단에 맞추어 줄 뿐이었다. 대신 그 여자가 내민 조건들이 있었다.

'첫 번째, 회사에 나오더라도 대회가 있다면 반드시 출전한다.'

'두 번째, 성인이 된다면 정식 사원이 돼야 한다.'

'세 번째, 회사 내에선 공과 사는 구분한다.'

이 3가지였다. 난 별로 신경 쓰이진 않았다. 대회는 그 여자의 신뢰를 얻기 위해 계속해서 출전할 것이었고, 성인이 되기 전 그 여자는 죽을 것이다. 그리고 회사에선 아는 체도 하지 않을 생각이었기 때문이었다. 내일의 아침이 기대된다.

그리고 빨리 1월 1일이 왔으면 좋겠다.

2023년 11월 16일 D-46

엊그제 그 여자의 회사에 첫 출근을 했다. 출근하기 전, 아침 식사를 하던 도중 그 여자가 내게 입을 열었다. 솔직히는 좀 놀랐다. 그 여자는 이 집으로 이사를 온 후.. 식사할 때 말한 적이 몇 안 되기 때문이었다.

입을 열고 말한 것은 출근에 대한 내용이었다. 출근할 땐 따로 들어가야 하고 들어가서부턴 아는 척을 하지 말라는 내용이었다.

그래서 출근 할 때 난 그 여자와 따로 들어갔고 회사 안에선 아는 척하지 않았다. 그래도 양심은 있었는지 내게 앞으로 어떤 일을 할 것이며 어디로 가야 하는지 비서 한 명을 붙여주었다. 난 비서가 설명하는 말을 듣고 옆에 있던 직원을 따라 내가 일할 곳에 갔다.

도착한 문 위에는 '물감반'이라고 적혀 있었다. 난 그대로 문 안으로 들어갔고 그 안에는 10명 정도 돼 보이는 어린아이들이 있었다. 나이는 9살 정도로 보였다.

난 아이들에게 나를 소개했다. 하지만 이름만큼은 바꿔서 소개했다. 내 실제 이름은 '박현서'이지만 이때만큼은 '김아서'라 소개했다. 내 진짜 이름을 아이들이 다정하게 불러주지 않았으면 했다. 그래서 김아서라고 소개한 것이었다.

아이들은 너도나도 이름이 이쁘다고 칭찬해 주었다.

2023년 11월 19일 D-43

며칠이 지나니 이젠 회사가 익숙해졌다. 아이들은 활발한 것 같으면서 그림 그릴 때만은 차분했다. 아이들이 차분히 그림을 그리고 있는 모습을 보며 잠시 어릴 때가 생각났지만, 내 어릴 때 기억엔 항상 그 여자가 있었기에 그냥 고이 접어 두기로 했다.

나도 그림이 그리고 싶어져 퇴근 후 집에 가면 그리겠다고 생각했다. 아이들을 보고 있으면 마음이 편안 해진다. 아이들이 그린 그림을 보고 있으면 마음이 포근 해진다.

이런 아이들이 그 여자 밑에서 그림을 그린다면 나처럼 포기하고 싶다는 마음을 가질까 봐 겁이 났다. 그래서라도 하루빨리 그 여자를 죽여야 한다.

내가 이 물감반에 있는 이유는 이곳의 아이들을 성장시켜 그 여자의 신뢰를 얻기 위함 일뿐이었다. 하지만 조금씩 아이들에게 마음이 가는 것 같아 두려워진다. 난 이 아이들을 이용해야 하는데, 아무것도 모르고 이용당하는 아이들에게 미안한 마음이 들었다.

2023년 11월 22일 D-40

요 며칠 아이들이 어떤 그림을 그리는지에 대해 관찰했다. 한 아이의 그림을 보고 있으면 따뜻하다는 생각이 들고 또 다른 한 아이의 그림을 보고 있으면 어중간해 판단을 잘 못하겠는 그림도 있었다. 그중 유독 눈에 띄는 아이가 있었다. 그 아이의 그림은 마치 나와 닮아 있었다. 보고 있으면 마음이 편해졌다. 그 아이는 그림을 그릴 때면 머릿속이 편안해지며, 자기 손이 알아서 그림을 그리고 있다고 말했다.

이 점도 나와 닮아 있었다. 어릴 적의 나와 너무 닮은 아이에게 마음이 갔다. 하지만 또다시 배신당하는 것이 무섭고 두려웠던 난 그대로 나의 마음을 숨겨야만 했다.

그리고 이 사실을 그 여자에게 알릴까 고민했었다. 요즘 그 여자는 재능이 있는 아이가 없냐고 이틀에 한 번씩은 물어왔다. 그럴 때마다 재촉 받는 느낌이었지만 나의 계획을 위해서라도 참고 넘어갔다.

확실히 그 아이는 재능이 있다. 하지만 이 사실을 알리면 그 아이는 어떻게 될지 모른다. 나처럼 될 수도 있다. 모든 걸 포기하고 싶다고 마음먹을 수도 있다. 난 더 이상 그 여자 때문에 힘들어하는 남을 보고 싶지 않았다.

내가 누구보다도 힘들어했으니까.

이러한 이유 때문이라도 그 여자에겐 비밀로 해야 했다. 그 아이를 위해서라도. 내가 그 아이에게 할 수 있는 마지막 호의였다.

2023년 11월 25일 D-37

점점 한 달이라는 시간이 지나가고 있다. 점점 그 여자를 죽이는 날이 다가온다. 아직도 그 여자를 죽이고 싶은 마음을 변함없다. 한결같이 그 여자를 죽이고 싶다.

오늘은 그 여자의 마음을 얻은 것 같다. 물감반의 아이들이 대회에 나가 다 상위권으로 우승했기 때문이다. 그 여자는 꽤 만족스러운 얼굴과 말투로 내게 말했다.

"꽤 잘했네."

"네. 애들이 이번에 준비를 잘 해줘서 우승할 줄 알았어요."

"그래 앞으로도 이렇게만 해"

그 여자는 웃음 지으며 내게 말했다. 남들이 보기엔 그저 그런 웃음일지도 모르겠지만, 내가 보기엔 너무 끔찍하고 기괴한 웃음이었다.

난!.. 아이들에겐 충분히 칭찬을 해주었고 아이들은 만족스러운 표정으로 귀엽게 감사하다 내게 말했다. 그 모습에 살짝 웃음을 지은 나였다.

아이들에게 정을 주면 안 된다는 걸 알면서도 시간은 정을 주게 했다.

그래도 1월 1일에 그 여자를 죽이면 이 회사를 망하게 할 계획이다. 회사를 없애면 아이들은 불행해질지 모르지만. 그때가 된다면 아이들에겐 정이란 정은 다 떨어지게 할 것이다.

나를 싫어하고 저주할 만큼 싫어하게 만들 것이다.

2023년 11월 28일 D-34

그 여자는 이제 완전히 나를 신뢰하는 듯해 보였다. 내가 자신의 딸이자, 회사의 직원이어서 그런지 회사의 비밀에 관해서 조금씩 이야기해 주었다.

 난 그저 그런 그 여자의 모습이 너무 웃겨 눈물이 나올 것 같
았지만 그 여자의 앞이어서 애써 웃음을 참았다..

 너무 순진해 보였다.

 너무 어리석어 보였다.

 나를 완전히 신뢰해, 내게 회사의 비밀을 알려주는 것이 너무
바보 같아 보였다. 회사의 비밀은 이러했다.

 사실 이 회사는 아이들은 도와주고 있는 것이 아니었다. 오히
려 괴롭히고 있었다.

 아이들의 부모들은 하나같이 다 문제가 있었다. 한 아이의 아
빠는 마약 중독자로 체포되고, 그로 인해 돈벌이가 마땅치 않
았던 엄마는 아이의 재능으로 돈을 벌려고 회사와 계약한 것
이다.

 또 나와 닮았던 아이는.. 부모가 일찍 죽고 할머니와 단둘이
살아가고 있던 아이였다. 아이는 그림을 너무 하고 싶어 했지

만, 돈벌이가 좋지 않던 할머니가 동네방네 돌아다니며 한탄을 늘어놓다가 한 할머니의 추천으로 이 회사와 계약하고 아이가 하고 싶었던 그림을 그릴 수 있게 됐다.

물론 이렇게까지만 보면 너무 착하고 성실한 회사이다.

하지만 진실은 이러했다. 회사는 돈이 필요하고 그림에 재능이 있는 자녀를 둔 부모 주위에 소문을 일부러 퍼뜨렸다. 그리고 그 소문을 듣게 된 부모들은 아이를 돈줄로 보고 너도나도 돈이 필요해 회사와 계약을 했던 것이다.

회사는 계약금을 조율할 때 60%는 회사가 40% 부모가 가지겠다고 제안했고 돈이 급했던 부모들은 바로 수락하고 계약을 마저 진행했다고 한다.

그 여자가 왜 하필이면 돈이 필요하고 간절한 사람들을 대상으로 소문을 퍼뜨린 이유에 대해서도 말해줬다.

"돈이 필요한 사람들은 퍼센트 같은 건 눈에 안 들어와. 그래서 그냥 돈만 준다고 하면 좋다고 달려들어 안 달이지.."라고.

맞는 말이었지만 애써 부정하려 했다. 아무리 그래도 자신의 이익을 위해 자식을 팔아 넘기다니 너무 부당했다.

그리고 이것으로 끝내지 않았다. 회사는 약속 대로 계약금을 6대 4로 하지 않았다. 오히려 상금 금액을 낮추어 말했고 그 덕에 돈을 더 챙겨 회사를 운영하고 비자금까지 챙겨왔다.

최악이었다.. 아이들을 돈줄로 삼은 부모들도, 그런 부모들을 속여 돈을 더 챙긴 회사도, 그 여자도..

이젠 회사도 그 여자도 같이 없애고 싶어졌다. 이 세상에 고개 들지 못하도록..

2023년 12월 1일 D-31

어제 밤새도록 어떻게 하면, 회사를 벼랑 끝으로 떨어뜨릴 수 있을까 고민했다.

아무리 고민해도 결론을 짓지 못했다. 너무 많은 생각들이 들었다. 우리 회사 이미지는 언론으로 봤을 땐 아주 좋다. 사람들에게도 호평 받고 있었다.

이 생각 하나로 결론지었다. 회사의 이미지를 최상까지 끌어 올려 언론이라는 것을 이용해 벼랑 끝으로 내모는 것이다.

그렇다면 아이들은 오히려 욕보다는 불쌍하다는 댓글이 달릴 것이고 회사는 사람들에게 대중적으로 욕을 먹을 것이다. 당할 아이들에게는 미안하지만..

욕을 먹는 것보단 훨씬 나을 것이다.

물론 이런 회사의 만행들을 알리려면 증거가 필요하다. 난 말로만 들었지 사실상 증거가 없다. 증거만 있다면 이 사실들을 언론에 제보할 수 있다. 그러기 위해선 평소 그 여자가 업무를 처리하던 서재로 가야 한다. 하지만 그 여자는 자신의 서재에 그 누구도 들여보내지 않는다.

오늘 저녁 그 여자가 나를 불러 앉혀 놓고 와인의 뚜껑을 따기 시작했다.

처음엔 이게 뭔 시간 낭비인가 했다.

나를 앉혀 놓고 와인을 마시던, 그 여자는 슬슬 취해 있었다. 얼굴은 빨개지고 쓸 대 없는 말만 늘어놓고, 또 했던 말을 계속 반복했다.

'이 여자가 취해 잠이 들면 쉽게 깨지 않으니, 그때를 노려도 되지 않을까?'라는 생각이 들었다.

이 생각을 하고 나니 난 더 이상 이 시간이 시간 낭비가 아니라고 생각했다.

오히려 어느 때보다 더 중요한 시간이라고 생각했다.

난 기분이 좋아져 와인 한 병을 더 가져와 그 여자의 잔에 와인을 가득 따라주었다. 취한 상태인 그 여자는 좋다고 마셔 댔다. 덕분에 그 여자는 취기를 못 이겨 잠들었다.

지금 바로 서재로 향하고 싶었지만, 혹시나 깰 수도 있으니..

깊은 잠이 들기를 기다리고 기다리다, 30분이 지났다. 서재에 가기 전 확실하게 잠들었는지 확인하려고 그 여자에게 다가갔다. 그러자 그 여자의 얕은 숨소리가 들려왔다. 그제야 안심한 난 조용히 그 여자의 서재로 향했다.

서재의 문 앞에선 나는.. 그 여자의 서재에 들어간 순간 잠에서 깨면 어쩌지 하는 생각이 들었다. 그렇게 되면 지금까지 쌓아온 내 노력이 물거품이 되어버린다. 잠시 생각하다 문을 열고 들어갔다.

서재의 안은 생각보다 넓었다. 주변을 둘러보다가 서재의 한 가운데 있는 책상을 향해 갔다. 책상 위는 지저분했다. 알 수 없는 서류들이 널브러져 있었다. 아마 이 서류 중 내가 찾는 서류가 있을 것 같다는 생각이 들었다.

그렇게 본격적으로 자료를 찾기 시작했다. 서류를 하나 둘 훑어보다 몰랐던 하나를 알게 됐다.

이 회사는 나라가 적극적으로 지원하고 있는 회사였다. 이 사실을 알고 나니 재미있는 생각이 들었다.

나라가 지원을 해주고 있는데, 부모들에게 사기 쳐 돈을 더 빼돌리고, 비자금까지 챙기고 있다는 걸 제보한다면 국민들은 어떤 표정을 지을까?

그리고 그 사실을 들켜버린 직원들과 그 여자의 표정은 어떨까?

생각만 해도 웃음이 나왔다. 그리고 난 이 서류를 한장 한장 사진으로 남겼다. 그리고 혹시나 하는 마음에 다른 서류들도 훑어보았다.

그곳엔 그 여자가 말했던 내용의 서류들도 존재했다. 나이, 생일, 특이 사항과 가장 중요한 부모에 관한 내용도 적혀 있었다.

이 뒤를 잊듯 하나 둘씩 증거들이 나오기 시작했다. 이번 달 얼마를 빼돌렸는지, 빼돌린 돈의 행방 등… 여러 가지 내용이 감사하게도 자세히 적혀 있었다.

덕분에 내가 할 일은 그저 그 서류들을 사진으로 남기는 일이었다.

너무 즐거웠다. 앞으로 이 회사가 망할 걸 생각하니..

이제 난 이 회사를 최상으로 끌어올리는 일만 남았다.

난 할 수 있다. 내가 가장 원하는 일이니까..

2023년 12월 4일 D-28

곧 있을 대회에 출전해야 한다. 그 여자하고 회사에 출근해도 대회엔 계속 출전하겠다고 한 건 나였으니까.

그래서 한동안은 회사 출근을 미뤘다. 그게 맞는 거 같다고, 그 여자도 그렇게 하라고 했다.

집에 홀로 있으니 조용했다. 고요했다. 만약 그 여자를 죽인 뒤에도 이 고요함이 유지될지 모르겠다.

하지만 이 고요함이 유지되지 않는다 해도 난 그 여자를 죽일 것이다.

무슨 일이 있어도..

난 어떤 그림을 그릴지 고민했다. 어떤 그림을 그려도 대상을 탈 수 있을 것 같은 기분이었다. 고민하는 시간이 너무 낭비라 생각한 난!.. 무턱대고 작업실에 들어가 의자에 앉았다.

의자는 평소보다 더 딱딱했다.

캔버스는 평소보다 더 넓어 보였다. 주위에 있던 그림들이 점점 내게 다가오는 것 같았다. 아마 벽이 나를 중심으로 수축하는 것 같았다.

난 머리를 비우려고 노력했다. 이런 현상들은 내가 고민이 많아서 생긴 것이라고 확신했으니까. 머리를 하나 둘 비우다 보니 내가 그리고 싶은 그림이 떠올랐다.

이제 더 이상 생각에 의존해 그림을 그리고 싶진 않았다. 생각에 의존해 그린 그림은 나를 망쳐 가고 있다고 생각했으니까.

하지만 지금 떠올린 그림은 내 머리가 떠올린 것이 아니라 내 손이 떠올린 것이라고 믿었다.

아니 사실을 그렇게 믿고 싶었다. 믿고 싶었으니까 떠올린 걸 그리기 시작했다.

며칠이지나 그림이 완성됐다. 그 그림엔 한 여자아이가 피를 토하며 쓰러진 여자를 부둥켜안고 울고 있는 모습이었다. 배경엔 녹색으로 보이는 벽과 짙은 나무색의 바닥이 그려져 있었다. 그리고 그 벽면엔 여러 그림이 있었는데 그 그림들의 액자는 하나같이 다 화려했다.

내가 그린 그림이지만 굉장히 미묘했다. 겉보기엔 아름다워 보이기도 했지만 절망스러워 보이기도 했다.

혼란스러웠다.

내 손은, 내 머리는 어떤 것을 말하고 싶은 건지 모르겠다.

하지만 그림을 더 그리고 싶다는 생각은 들지 않았다. 아마 이 그림을 제출하라는 의미 같았다. 그렇게 난 더 이상 그림을 그리지 않았고 이 그림을 제출하기로 정했다.

그 여자에겐 이 그림을 보여주고 싶지 않았다. 마치 나의 마음을 보여주는 것 같아서 싫었다.

2023년 12월 7일 D-25

그 여자에게는 끝까지 그림을 보여주지 않은 채 제출해 버렸다. 한 며칠 동안은 심사 기간이라 결과가 나오진 않을 것이다.

부디 내 그림이 대상을 타기만을 바랄 뿐이었다.

 그런 뒤 회사로 출근했다. 오랜만에 보는 듯한 아이들의 얼굴이 반가웠다. 분명 정을 주지 않기로 마음먹었는데, 어느 순간부터 정을 주고 있었나 보다. 이 아이들을 위해서라도, 아이들이 좋아하던 그림을 위해서라도 이 회사를 없애야 한다.

 지금부터 12월 31일까지는 이 회사의 이미지를 최고로 끌어올릴 것이다. 그렇게 잠시나마 기뻐할 그 여자의 얼굴이 머릿속에 스쳐 지나갔다.

 역겨웠다.. 더러웠다..

 또 다른 한편으로는 다행스러웠다. 내가 아직 그 여자를 증오하고 있다는 것이..

 난 여전히 아이들에게 그림을 어떤 식으로 그려야 하는지, 그림 그릴 때 실수를 고쳐주는 것 밖에 하지 않았다. 하지만 하루가 다르게 그림 실력이 늘어가는 아이들을 보고 있으면 놀랍고 자랑스러웠다.

이제 여기 까지다!. 이 아이들에게 정을 주는 것도. 더 이상 하면 안 되는 일이다.

2023년 12월 10일 D-22

오늘은 그 여자가 나를 회장실로 불렀다.

놀랐다. 그 여자가 날 회장실로 부르다니. 이 회사에 출근하면서 처음 있는 일이었다.

난 그 여자의 부름에 회장실로 들어갔다. 회장실의 내부엔 화려한 장식들이 있었지만, 그 마저도 심플해 보였다.

천천히 그 여자에게 다가갔다.

다가가면서 무슨 일 때문에 부른 것인가 생각했다. 혹시 이 여자가 다 알게된건 아닌가하고 불안한 마음이 들었다.

곧이어 내가 한 생각들은 괜한 생각이란 걸 깨달았다. 그 여자는 그저 나의 성과를 칭찬하기 위해 부른 것이었다.

"현서야, 아이들이 이번 대회에서 다 상위권이더라."

"네. 아이들이 그림을 잘 그리다 보니 가르쳐 주면 실력이 잘 늘더라고요."

난 일부러 웃었다. 웃어야 자연스럽게 대화할 수 있으리라 생각했으니까.

"이제 물감반 애들하고는 많이 친해졌고?"

"네" 하고 짧게 대답했다.

"이번엔 다른 반 애들을 가르쳐 줬으면 좋겠는데, 네 생각은 어떠니?"

나를 생각하는 것처럼 물어보고 있지만, 사실상 나에겐 강요하는 것처럼 들렸다. 난 어차피 이 여자의 신뢰가 필요하니 거절하게 된다면 지금까지 쌓아온 내 노력이 헛수고가 될 수도 있는 노릇이었다.

하고 싶진 않았지만.. 하겠다고 해야만 했다.

"네. 전 어머니의.. 아니 회장님의 선택에 따르겠습니다."

"회장님은 무슨 둘이 있을 땐 평소처럼 불러"

"네 어머니"

대화를 마치고 나니 뒤늦게 분노가 치밀어 올랐다. 아이들과 정도 들었는데 그 여자의 말 한마디에 떨어져야 하는 것이 너무 분했다. 하지만 나의 복수를 위해서라면 이 분함은 삼킬 수 있었다.

오히려 이 분함을 장작 삼아 더 빨갛고 붉게 타오를 것이다.

다음 날 회사에 처음 왔을 때 나를 안내해 줬던 비서와 직원이 나를 반겼다. 그리고 난 그 직원을 따라 새로운 반으로 가게 되었다. 물감 반 아이들에게는 제대로 된 인사조차 하지 못한 것이 마음에 걸렸지만.. 하는 수 없었다.

이번 반은 특정하게 어떤 반이라고 적혀 있지 않았다. 그래도 문을 열고 들어가 보니 물감 반 아이들보단 좀 더 큰 아이들이 있었다. 나보다 어린 나이라는 건 확실해 보였다.

난 먼저 아이들의 그림 수준을 확인하려 했다. 한 번 해봐서

인지 난 좀 더 능숙해져 있었다. 그리고 이번 아이들에겐 이름을 알려 주지 않았다. 아이들이 나의 이름을 부른다면 또다시 그 다정한 목소리에 정이 가버릴 것 같았다. 그래서 두려워 알려 주지 않았다.

이번 아이들에게는 절대 정을 주지 않을 것이다.

아이들에게는 절대 마음을 주지 않을 것이다.

아이들의 수준은 생각보다 괜찮았다. 오히려 물감반 아이들보다 더 실력이 좋았다. 아마도 나이가 더 있으니, 그만큼을 실력이 갖추어져 있는 듯했다.

2023년 12월 13일 D-19

날씨가 다른 날들보다 좋지 않았다. 마치 비가 올 것 같이 흐렸다. 그리고 내일은 아빠의 기일이었다.

이번 기일엔 꼭 찾아가야 겠다고 생각했다. 만약 내가 그 여자를 죽이고 감옥에 들어가게 되면 또 몇 년 동안은 찾아가지 못할 테니.

 그 여자는 최근 몇 년 동안 아빠의 기일에 찾아가지 않았다. 물론 나도 마찬가지였지만, 난 마음만큼은 찾아가고 싶었다. 그 여자가 내 그림 집착해 가지 못했다. 그러니 내 잘못이 아니다. 그냥 그렇게 믿고 싶다. 이것이 핑계라 생각될 지어도..

 갑자기 문득 생각이 났다. 만약 아빠가 죽지 않았더라면 지금 그 여자를 어머니가 아닌 엄마라고 부를 수 있었을까? 한 미친 생각이었다.

 이런 생각을 하고 나니 설마 내가 그 여자를 증오하지 않은 건가 싶었다.

 사랑하는 연인과 헤어져 슬퍼해도 시간이 지나면 별일 아닌 것처럼 느끼는 것이다. 이것처럼 배신당하고 시간이 지났다고 별일 아닌 것처럼 느끼는 것이 아닌가 한 아찔한 생각이 들었다.

 물론 생각은 생각일 뿐이었다. 그 여자의 얼굴을 떠올리니, 기분이 더럽게 느껴졌다..

2023년 12월 17일 D-16

오늘은 아빠의 기일이었다. 웬일로 그 여자 입에서 아빠를 보러 가자는 말이 나왔다. 하지만 솔직히 기분이 영 좋지만은 않았다.

그 여자랑 아빠의 유골함이 있는 납골당에 오는 것이 내키지 않았다. 하지만 한때 우리 아빠가 사랑했던 여자이니 어쩔 수 없었다. 분명 아빠라면 그 여자의 얼굴이 보고 싶을 테니까‥

그렇게 오늘은 회사를 쉬고 납골당에 갔다. 그 여자는 아빠의 유골함과 사진을 보더니 울 것 같은 표정을 하고 있었다. 난 평소 납골당에 찾아가지도 않았던 주제에 이제 와서 울먹거리는 그 여자가 마음에 안 들었다. 그리고 어이가 없었다.

난 조용히 두 손을 모아 하늘에 있는 아빠를 향해 나의 소원을 작게 속삭였다.

'부디 하늘에서도 건강하시고 아빠가 사랑했던 여자를 죽여도 나를 이해해 주시 길..' 하고.

내가 소원을 빌던 동안 그 여자는 소리 없이 울고 있었다. 그래도 한때 사랑했던 사람이라고 우는 것 같았다. 하지만 내 눈엔 그 여자의 행동 하나하나가 다 가식처럼 보였다. 그래서 어이가 없고 못마땅했다.

집에 가는 동안의 차 안은 너무나 조용했다. 너무나 고요했다.

그리고 집안은 평소보다 더 차가웠다. 더 메말라 있었다. 사막보다 더 메말라 있었다. 이런 환경이 너무 낯설었다. 평소와 다를 바가 없는데 왜 이런 건지 모르겠다.

그렇게 거실에 들어서자, 전에도 느꼈던 감정이 휘몰아쳤다. 너무 추웠다. 태양은 비추지 않았고, 너무 설렁해 얼어버릴 것 같았다. 그 여자에게 배신당했을 때 느꼈던 감정이었다.

난 이 감정이 너무 싫었다. 혼자 남겨지는 것이 너무 싫고 두려웠다.

2023년 12월 20일 D-13

이제 슬슬 회사도 그 여자도 작별이다. 그러기 위해선 마지막까지 그 회사를 최상으로 만들어야 한다. 부디 이번 아이들이 그렇게 만들어 줘야 한다.

말로는 아이들을 도와준다고 하지만 정작 이번에도 내가 하는 일은 별로 없었다. 어느 정도 기본이 있는 아이들이었기에 가르칠 것도 없었다. 난 그저 이 아이들의 완성된 그림을 보고 조언해 주는 것만이 내 할 일이었다.

물감반에는 실력이 부족한 아이들도 있어 그 아이들을 도와주기라도 했지만, 이 아이들은 내 도움이 필요 없어 보였다. 그래서 가끔은 내가 왜 여기 있어야 하나 하는 생각이 들기도 했다. 그냥 회사에서 아무것도 하지 않고 시간만 보내다 집에 가는 것 같은 느낌도 들었었다.

2023년 12월 23일 D-9

9일. 오늘 포함 9일 후면 그 여자를 안 볼 수 있다. 아니 못 본다. 9일 후 그 여자는 내 손에 죽으니까.. 요 며칠 내 마음이 그 여자를 죽이고 싶어 하는지 아닌지 헷갈린다. 전엔 그 여자 얼굴만 봐도 짜증이나 미칠 것 같았지만, 요즘은 그렇진 않다. 그래서 문제다. 이렇게 가다가 그 여자를 죽이고 싶다는 마음 마저 잊어버릴까 봐..

9일 안에 그 여자를 전처럼 원망하는 마음이 들고 싶다. 그래야만 한다. 미워야만 한다. 싫어해야만 한다. 그래야 죽일 수 있으니까. 제발 부디 그 여자를 죽이는 날까지 그 여자를 조금이라도 원망하는 마음이 남아있길...

2023년 12월 24일 D-8

오늘은 내가 나갔던 대회의 결과 발표가 있었다. 난 시상식이 있을 예정이라는 문자 메시지를 받고, 시상식장으로 갔다. 난 순위 발표를 기다렸다. 떨리진 않았다.

당연히 내가 대상일 테니까..

하지만 결과는 달랐다. 난 이번 대회에서 대상을 타지 못했다. 2등이었다. 말도 안 된다. 내가 2등이라니. 심사위원들은 내 기분도 모른 체 하나같이 그림을 보고 느낀 소감을 말하기 시작했다.

심사위원들은, 내 그림은 아름답긴 하지만 마음 한구석이 아프다고 말했다. 그런 심사위원의 소감에 난 의아했다. 그림 좋은 게 아닌가? 난 모두가 보고 다 한마음을 표현할 만한 그림을 그렸는데, 내가 어떻게 대상이 아니라는 거지?

난 대상을 탄 아이의 그림을 보았다. 그 아이의 그림은 평온했다. 푸른색 배경에 여자아이와 한 여자가 같이 피크닉을 하는 그림이었다. 여자아이는 웃고 있었고, 그런 여자아이를 보며 여자도 함께 웃고 있었다.

하지만 내 그림 속 여자아이는 울고 있다. 여자는 피를 토하고 있었다. 내 그림은 우울하고 슬펐다. 반대로 대상을 받은 아이의 그림은 평온하고 마음 한구석이 따뜻해졌다.

그리고 무엇보다 대상을 받은 아이의 얼굴엔 활짝 웃음꽃이 피어 있었다. 그 아이의 엄마로 보이는 여자도 같이 웃으며 기뻐해 주고 있었다.

그 모습을 보니 나 자신이 무척 초라했다. 내가 어릴 땐, 그 여자도 저렇게 기뻐해 줬는데, 이젠 아니다. 이런 점이 날 너무 초라하게 만들었다. 날 너무 불쌍하게 만들었다.

지금 당장이라도 누군가에게 안겨 울고 싶은 기분이었다. 누군가에게 위로 받고 싶은 기분이었다. 그래서 난! 날 이곳으로 데려다 준 그 여자의 차를 향해 뛰어갔다. 눈물을 흘리며 뛰어가 차 뒤 좌석의 문을 열었다.

그 여자는 나를 보지도 않고 차를 출발시켰다. 난 조심스럽게 대상을 못 받았다고 말했다. 그러자 그 여자는 불같이 화를 내며 날 내몰았다.

무서웠다. 두려웠다. 또다시 혼자가 되는 것이 너무 무섭고 두려웠다. 하지만 그 여자는 내 마음 같은 건 중요해 보이지 않았다.

그 여자는 날 더 외롭게, 날 더 초라하게 만들었다. 난 그저 괜찮다는 말이 듣고 싶었던 것뿐이었는데. 내가 그 여자에게 너무 많은 걸 바랬나 보다.

다시 한번 마음에 새겼다. 지금, 이 순간만큼은 저 여자가 죽이고 싶을 만큼 밉고, 미치도록 죽이고 싶다. 다행하게도 이 마음은 이젠 변하지 않을 것 같다. 영원히..

2023년 12월 25일 D-7

어제 대상을 받지 못했다고 그 여자에게 혼이 났다. 솔직히 내가 왜 혼이 나야 하는지 모르겠다. 난 내 마음이, 내 손이 가는 대로 그림을 그렸을 뿐이었는데. 그렇게 그렸던 그림이 2등이라는 점수 받는 것이 뭐가 나빠서 날 혼내는 건지 이해할 수 없었다.

그 여자는 오늘 하루 회사에 나가지 말고 집에서 그림이나 그리라고 내게 말했다.

난 그렇게 말하고 집을 나서는 그 여자의 뒷모습을 한참 바라보았다.

그리고 말없이 내가 그렸던 그림을 쳐다보았다.

형편없어 보이진 않았다. 내 그림이여서 그런지 잘 모르겠지만, 내게는 그래 보였다.

어제 시상식에서 대상을 탄 아이가 생각이 났다. 나와 같은 또래로 보였었는데. 그 아이의 엄마로 보이는 여자는 눈물을 흘리며 기뻐해 주고 있었다. 이 생각이 나는 건, 아마 그 아이가 부러웠던 것 같았다. 난, 내가 어떤 그림을 그려도 사랑받지 못하니까.. 내가 어떤 그림을 그려도 위로 받지 못하니까..

아무 생각 없이 멍하게 그림을 쳐다보다, 정신을 차리고 작업실로 들어갔다. 작업실은 여전히 넓었다. 그리고 여전히 나를 혼자로 만들었다. 외롭고 쓸쓸했다.

그 여자가 있어도 외롭고 쓸쓸하다. 그 여자가 없어도 똑같이 외롭고 쓸쓸하다. 어차피 있어도 외롭고 쓸쓸한거.. 차라리 없는 편이 더 나을 것 같다.

2023년 12월 26일 D-6

회사는 내가 없어도 잘 돌아갔다. 아이들도 마찬가지였다. 내가 없어도 알아서 잘해 나갔다. 이 세상엔 날 필요로 하는 곳이 없는 것 같다. 다 내가 없어도 다 잘 돌아가니까. 난 없어도 되는 부품 같았다.

내가 필요 없는 부품인 것처럼 그 여자도 이 세상에 필요 없는 부품이다.

2023년 12월 27일 D-5

요즘 내리지 않던 눈이 내렸다. 그 덕분인지 그 여자가 회사에 나가지 않았다. 난 집에 혼자가 아닌, 그 여자와 함께 있었다. 하지만 아직도 외롭고 쓸쓸하다..

2023년 12월 28일 D-4

그 여자가 아프다. 이마는 불덩이처럼 뜨겁고 추운지 이불을 돌돌말고 있었다. 난 이대로 그 여자가 죽어버렸으면 하고 생각했지만, 내 손으로 죽여야 마음이 편할 것 같아 마지막으로 그 여자를 간호했다.

밤이 되자 눈이 내리기 시작했다. 난 그 여자를 간호하고 있던 터라 그 여자와 같이 눈이 내리는 걸 바라보았다.

아름다웠다. 눈은 차갑지만, 포근하다는 말을 떠오르게 했다. 그 여자와 같이 있을 때 이런 포근한 감정을 느껴보는 건 너무 오랜만이었다. 어릴 때가 생각나는 포근함이었다. 이젠 이 감정을 영영 못 느낄 것 같으니, 조금이라도 이 감정을 마음껏 느끼고 싶었다..

2023년 12월 29일 D-3

4일이라는 시간이 남았다. 이제 슬슬 나의 계획이 마지막 마침표를 향해 가고 있다. 그리고 1월 1일이 된다면 이 일기와도 작별이다. 하루는 짧다. 한 달도 짧다. 한 달이라는 시간이 지나가고 있다. 그것도 짧게..

점점 '끝'이 다가온다. 싫지만은 않았다. 그렇게 싫어하던 그 여자를 죽일 수 있는 시간이니까..

그렇게 싫어하던 그 회사를 망하게 할 수 있는 시간이니까..

후회하지 않을 것 같다. 아니 후회하지 않을 자신 있다.

그 여자를 죽이고 나서 내가 감옥에 들어가더라도, 후회하지 않을 것이다.

그 여자를 죽이고 나서 내가 비난 받더라도, 후회하지 않을 것이다.

2023년 12월 30일 D-2

오늘은 내가 55일 동안 써왔던 일기를 돌아볼까 했다. 하지만 그 여자를 죽인 뒤 완성된 일기를 읽는 것이 더 좋을 것 같다는 생각이 들었다. 그래서 일기를 읽지 않았다. 앞으로 3일 뒤 읽어볼 것이다. 읽고 나서 한참을 웃고 싶다.

2023년 12월 31일 D-1

오늘 언론에 회사의 비밀을 제보할 것이기에, 몸이 안 좋다는 핑계로 회사를 쉬었다. 물론 몸 상태는 좋았다.

그렇게 회사에 간 그 여자 몰래, 난 여러 언론사에 제보 글을 작성하기 시작했다. 물론 내가 찍었던 증거들도 함께 보냈다. 일부러 익명으로 하지 말아 달라고 메시지도 보냈다.

그러자 언론사에서는 확실한 제보인지 물어보는 확인 메세지들이 날아왔다. 난! 확실 하다고 대답했다. 그리고 몇몇 언론사에서는 만나서 대화가 가능하냐고 물어보기까지 했다. 난 대신.. 오늘만 가능하다고 대답했다. 그리고 그 여자 몰래 외출했다. 그렇게 향한 곳은 집 근처의 한 카페였다. 카페에 들어서자마자, 난 여러 인터뷰를 해야 했다. 그렇게 몇 차례의 인터뷰가 끝난 뒤에 집으로 향할 수 있었다.

언론사의 기자들에게는 그 여자가 출근해 있는 시간인 오후 3시 정각에 기사를 올려 달라 부탁했고 기자들은 내 부탁을 수락하였다.

만족스러웠다. 내 계획대로 진행 대가고 있었다. 마지막 내일을 기대하며 잠이 들었다.

3장 깨달음은

오늘도 아프다는 거짓말로 회사에 나가지 않았다. 마지막으로 물감반 아이들에게 작별 인사를 할까도 생각했지만..

일단 그 여자가 출근할 때까지 기다렸다. 기다리는 동안 난 마치 놀이동산에 온 아이처럼 신이 나 있었다. 그 여자가 무슨 모진 말을 해도 다 참고 넘어갈 만큼..

그 여자가 출근하고 나서부터는 이벤트를 계획했다. 인생의 마지막 이벤트가 될 테니 최대한 정성껏 준비하려 애를 썼다.

필요한 물건을 사기 위해 외출을 했다. 오후 3시 정각까진 준비를 마쳐야 했기 때문에 너무 바빴다. 먼저 풍선을 사고, 케이크도 구매했다. 이렇게만 보면 너무 즐거운 파티가 될 것 같았다.

다음으론 꽃을 사러 꽃집에 들렀다. 물론 가기 전 어떤 꽃이 좋을까 고민했었다. 하지만 곧 죽을 사람에게 주는 꽃이니까 여러 개 구매해 가겠다는 생각이 들었다. 그렇게 꽃집에 들어섰다.

꽃집에는 젊어 보이는 여자 아르바이트생이 있었다. 그 아르바이트생에게 국화꽃과 아네모네꽃, 벨라돈나풀을 꽃다발로 만들어 달라고 부탁했다.

아르바이트생은 알았다고 대답했지만, 어딘가 내키지 않는 기색이었다. 거도 그럴 것이 국화꽃은 죽은 사람에게 건네는 꽃이다. 그 밖에도 아네모네꽃의 꽃말은 '배신', 벨라돈나풀의 꽃말은 '너를 저주한다'이다.

아마 아르바이트생은 이 꽃들의 꽃말을 알고 있는 듯했다. 그러니 내키지 않아 하는 것이 분명했다. 잠시 후 난 아르바이트생에게 꽃다발을 받아 집으로 향했다.

별로 한 것도 없는데 시계는 12시를 가리키고 있었다. 시계를 보고 놀라 이벤트 준비를 시작했다. 풍선에 바람을 불고, 케이크에는 초를 꽂아 놓았다. 케이크의 초는 그 여자의 나이에 맞게 준비해 두었다.

내가 준비를 마쳤을 땐 2시 58분이었다. 마음의 준비를 하며 내 오른손엔 부엌에 있던 식칼을 쥐어 들었다. 그리고 왼손엔 꽃다발을 쥐었다. 그 여자가 오기 전 거실의 불을 다 끄고, 낮이라 밖이 환해 커튼도 쳤다.

그러고 나니 오후 3시 정각을 조금 넘어서고 있었다. 마침 그 여자가 기사를 확인하고 내게 전화를 해댔다. 휴대폰엔 30통이 넘는 부재중 전화가 쌓여 있었다.

가슴이 두근두근 너무 뛰었다. 마치 롤러코스터의 정상에서 밑으로 떨어지기 일보 직전의 상태 같았다. 그 여자가 집까지 오는 데 10분도 걸리지 않을 것이다. 그러기에 더 심장이 뛰었다. 그리고 지금까지 그 여자에게 느꼈던 분노라는 감정을 끄집어내며 초에 불을 하나하나 붙혀나갔다.

잠시후.. 도어락 열리는 소리가 들렸다. 그 소리에 내 심장은

미친 듯이 요동쳤다.

현관 복도를 걸어오는 그 여자의 화난 발걸음 소리에 미칠 것 같이 이상한 기분에 휩싸였다. 기쁜 듯하면서 화가 나고 행복한 듯하면서 짜증이 났다. 그렇게 숨을 죽이며 기다리다 그 여자가 내게 모습을 드러냈다.

그 여자 얼굴을 보는 순간 돌아버릴 것 같았다. 심장이 자꾸 두근대고 머릿속엔 그동안 그 여자에게 당했던 장면들이 스쳐 지나가고 있었다.

그 여자는 화가 잔뜩 난 얼굴을 찌푸리며 내게 다가왔다. 그리고 그 여자는 손을 높게 들어 올려 내 뺨을 향해 세게 내려쳤다. 그 여자의 행동으로 난 간신히 흥분된 마음을 진정시킬수 있었다. 정신을 차리고 난 그 여자를 똑바로 바라보았다. 그러자 그 여자는 내게 온갖 욕을 해가며 손찌검을 해댔다. 다시한번 그 여자가 손을 높게 올려 내 뺨을 향해 세게 내려치려던 순간 왼손에 있던 꽃다발을 그 여자에게 던져 버리고 그 여자의 손목을 잡아채 버렸다.

그 여자는 놀란 듯해 보였지만, 곧바로 다시 내게 화를 내기 시작했다. 듣다 못 한 난 분노를 삼키지 못하고 오른손에 있던 칼을 그 여자의 배에 쑤셔 넣었다. 그러자 그 여자의 배에선 붉은색의 액체가 흘러나왔고, 아픔을 이기지 못한 그 여자가 울부짖었다. 그 모습이 싫지만은 않았다. 오히려 그 여자에게 잘 어울리는 표정을 하고 있었다.

하지만 내가 원했던 얼굴이 아니었다. 모든 걸 잃은 표정을 원했지, 눈물로 뒤덮여 표정을 알아볼 수 없는 얼굴을 원한 것이 아니었다.

그렇게 내가 원하는 얼굴이 나올 때까지 그 여자를 칼로 그었다. 깊숙이 쑤시다 보면 빨리 죽어버릴 것 같아서 천천히 칼로 그었다. 내가 원하는 표정을, 얼굴을 볼 수 없게 될까 봐.. 이 정도 상처라면 견딜 수 있지 않을까 해서..

그 여자는 아프다며 고통에 울부짖었다. 내 다리를 붙잡고 잘못했다며 빌었다. 계속해서 빌었다. 기분이 별로 좋진 않았다.

그렇게 몇 시간 지나지 않아, 결국 그 여자는 정신을 잃고 쓰러졌다. 처음엔 기절을 한 줄 알았지만, 시간이지나 숨을 죽이고 가까이 다가가니 그 여자의 숨소리가 들려오지 않았다. 그 여자는 죽어있었다. 내가 원하는 표정을 보여 주지 않고 그대로 죽어버렸다.

난 고민했다. 이 여자의 시체를 어떻게 처리할지. 그렇게 고민하다, 마당에 묻기로 했다. 생각을 마친 뒤, 바로 창고로 가서 삽을 꺼내 마당의 땅을 파기 시작했다. 대충 어느 정도 높이가 되겠다 싶어 그 여자의 시체를 가져와 땅에 매장했다.

그 여자의 시체를 매장한 뒤, 난 집안 욕실로 갔다. 집안을 치우기 전 나부터 씻어야 할 것 같았다. 온몸에 그 여자의 피로 뒤덮여 있었기 때문이었다.

내가 다 씻고 나왔을 땐, 그 여자의 피는 붉은색이 아닌 짙은 갈색으로 변하며 굳어가고 있었다. 피가 더 굳기 전 빨리 치워야 했다.

다 치우고 나니, 그제야 이 집엔 이제 나 혼자라는 걸 느꼈다. 평소처럼 외롭고 쓸쓸했다.

그리고 그 여자가 없다는 것에 안도했다. 이젠 내게 화를 내는 사람도, 내게 짜증을 내는 사람도 사라졌다. 이 세상에서 영원히. 그렇게 된다면 다시 내가 좋아했던 그림을 그릴 수 있을 것이다. 내가 즐거워했던 그림을 그릴 수 있으리라 생각했다.

하지만 현실은 달랐다. 그 여자를 죽였는데, 이제 날 얽매는 사람도 사라졌는데 난 예전처럼 그림을 그릴 수 없었다. 그 어떤 것도 날 편안하게 만들지 못했다. 그 여자의 죽음조차..

혼란스러웠다. 다시 그림을 그릴 수 있게 될 줄 알았는데 아니었다. 내 머리와 내 손은 더 이상 내가 그림 그리는 것을 원하지 않아 하는 것 같았다.

그렇게 낙담한 채 거실로 걸어갔다. 고요했다. 그래도 만족했다. 혼자인 것을 인정하고 나니 외로워도 당연하게 느껴져 별로 나쁘지만은 않았다. 쓸쓸해도 당연하게 느껴져 별로 나쁘지만은 않았다.

생각보다 집이 더 넓다는 걸 이제야 깨달았다. 평소엔 작업실

이 아니면 내 방에 있어서 잘 느끼지 못했으니까. 마치 처음 와보는 곳을 구경하듯 집 안 구석구석을 구경했다. 그러다, 걸음을 멈췄다. 죽은 그 여자의 방이었다. 쓸데없이 방문이 높아 보였다.

군이 죽은 사람의 방을 들어가고 싶지 않아 방에는 들어가지 않았다. 그 대신 서재로 향했다.

서재 안에 들어가 그 여자의 책상을 향해 걸어갔다. 책상 위엔 여전히 서류들이 널브러져 있었다. 그 서류들을 차차 정리해 나갈 때쯤 서류들 사이에 있던 한 사진이 눈에 띄었다.

그 사진 속에는 어릴 때의 나와 그 여자가 누구보다 밝게 웃고 있는 사진이었다. 지금의 나와 사진 속의 나는 너무나도 달라 보였다. 순수하던 어릴 때와 다르게 지금은 전혀 순수하지 않다. 오히려 남들이 보기엔 괴물 같다고 생각할 수도 있다. 그만큼 달랐다.

책상 옆에 있는 서랍이 눈에 띄었다. 저번에 왔을 땐 서류에 정신이 팔려 보지 못했던 것 같다. 그렇게 서랍 손잡이에 손을

뻗었다.

서랍의 안에는 아무것도 없이 텅 비어 있었다. 서랍을 닫는데
무언가 덜컥하는 소리에, 이게 뭐지 싶어 서랍 안쪽으로 손을
넣어 이리저리 휘저었다. 서랍 천장에서 테이프로 붙여져 있는
열쇠 하나를 발견했다. 난 테이프를 떼어내고 열쇠를 빼냈다.

자물쇠가 어디 있는지 몰라 한참을 서재 안에서 서성이다 작
은 상자 하나를 발견했다.

열쇠 구멍에 열쇠를 넣었더니 알맞게 들어갔다. 긴장되는 마
음에 열쇠를 돌려 열었더니 그 안에는 작은 편지봉투와 통장
그리고 사진 한 장이 들어있었다. 생각보다 별로 특별한 게 없
어 흥미를 잃은 상태에서 상자를 들고나와 거실로 향했다. 그
리곤 소파에 앉아 안에 있던 편지를 꺼냈다.

편지를 열어 보니 장문의 글이 있었다. 편지의 내용을 소리
내어 읽기 시작했다.

>>현서야 안녕? 엄마야.

너에게 편지 쓰는 건 처음이네.

아마 이 편지를 읽고 있을 땐.. 우리 현서가 어엿한 성인이
되었겠지?

지금의 넌 그림을 그리고 있었어. 엄마가 뭐라고 안 했는데
도 그림을 그리고 있는 게 너무 기특해.

근데 가끔은 좀 무서워지는 거 있지?

어느 순간부터 엄마가 아닌 어머니라고 부르는 네가 조금은
낯설게 느껴졌어. 벌써 철이 든 건가 싶기도 하고 나를 벗어나
는 건가 싶기도 해서..

엄마도 할머니한테 그랬거든.. 그때의 나를 닮아가는 것 같
아서 무서웠다..

미안했어. 물론 지금도 미안하고..

네가 어린데도 불구하고 엄마가 심하게 행동한 것 같아..

있잖아. 현서야..엄마가 어릴 때 할머니를 많이 아프게 했단

다.. 할머니가 엄마한테 너무 못되게 행동했거든..

그게 너무 밉고 짜증 나서 할머니를 아프게 했던 것 같아.

할머니가 쓴 편지를 보고..

할머니가 돌아가신 뒤에야 깨달았어..

할머니가 엄마를 왜 그렇게 무심하고 못되게 대했는지..

엄마는 우리 현서가 혼자 남아 버리면 어떻하나..

강하게 키우고 싶었어...

엄마도 엄마는 처음이라 어떻게 하는 게 좋은 건지 모르겠더라...엄마가 우리 현서 많이 사랑하는데..

표현 하는게 힘들었어..

우리 현서 많이 사랑하는데 그동안 못되게 굴어서 미안해...

편지를 쓰고 있는 지금도 널 혼자 내버려 두고 있는 게 너무 미안한데... 정작 내가 찾아가면 찡그리는 너의 얼굴을 볼 자신이 없네..

아마 현서도 엄마한테 화가 많이 난 거겠지?

네가 태어났을 때 너무 사랑스러웠어.

너무 작고 소중해서 꼭 잘 키우겠다고 다짐했는데..

엄마처럼 외롭고, 쓸쓸한 감정은 들지 않게 키우겠다고 다짐
했었는데..

할머니처럼 안하겠다고 다짐했는데 언젠가부터 똑같이 행동
하고 있더라고..

미안해...

놀이동산 가고 싶다고 했을 때·· 바쁘다는 핑계로 같이 가주
지 못해서 미안해..

네가 쓰러졌을 때 모른 척해서 미안해..

항상 그림만 그리게 해서 미안해..

대회에서 대상을 타와도 기뻐해 주지 않아서 미안해..

대상을 못 타서 속상해 할때, 위로해 주지 못해서 미안해..

이런 못난 엄마여서 미안해..

엄마한테서 태어나게 해서 미안해..

미안해 현서야..

사랑해 현서야..

염치없지만 엄마.. 용서해 줄 수 있을까?..

-2023년 12월 31일 엄마가-

그 여자가 쓴 편지의 중간 부분을 읽을 때부터 알 수 없는 눈물이 내 뺨을 타고 흐르기 시작했다. 그리고 편지에도 눈물자국으로 글씨가 번져 있었다. 아마 그 여자가 편지를 쓰며 흘린 눈물 같았다.

왜 이제야 이 편지를 발견했을까?

왜 지금에서야 사과하는 걸까? 내가 이 말을 얼마나 듣고 싶었는데..

왜 이제야 사랑한단 말을 하는 걸까? 난 사랑에 굶주려 이 런 짓을 벌인 것은 아니었을까?

왜 빨리 알아채지 못했을까? 난 엄마의 마음을, 그리고 내 마음을 왜 몰랐을까?

난 하염없이 울부짖다 그 여자가 아니‥엄마가 묻혀 있는 마당으로 달려갔다.

시야는 눈물로 뒤덮여 앞이 잘 보이지 않았다.

엄마의 마음을 빨리 알아채지 못한 게 미안해서..

엄마를 그 여자라 부른 것이 미안해서..

매일 엄마를 죽이는 상상을 한 게 미안해서..

엄마가 차린 회사를 망친 게 미안해서..

이런 내가 엄마의 딸로 태어난 게 미안해서..

하염없이 눈물만 흘렀다..

괴물은 난데..

왜.. 엄마를 괴물 보듯 쳐다보았을까?

왜..엄마를 볼 때마다 더럽고 역겹다고 생각했을까?

왜.. 엄마를 내 인생에서 가장 나쁜 사람으로 만들었을까?

정작 나쁜 건 나였는데. 왜 엄마를.. 엄마를.. 그렇게 만들었
을까?

난 하염없이 울다가

'내가 여기에 있어도 되는 걸까? 엄마는.. 엄마를 이렇게
만든 내가 미울 텐데..'라는 생각이 들었다. 얼마에 시간이
지났을까.. 등 뒤에서 엄마의 목소리가 들리는 듯했다.

'괜찮다고. 나는 괜찮으니.. 제발 아무일도 없던 것처럼 살
아가라고. 이제라도 다른 아이들처럼 평범하게 살아가라고.'
따뜻하고 포근한 목소리가 들리는 듯 했다.

엄마의 말처럼 살아가도 되는 건지 내게 말해줄 사람이 아무도 없었다.

엄마를 죽이지 않았더라면, 내가 답을 찾을 수 있었을까..?

그렇게 밤이 새도록 울다 지쳐 잠이 들어 버렸다. 잠에서 깼을 땐, 따뜻한 햇살이 날 비추고 있었지만⋯ 난 캄캄한 방에 갇혀 있는 것 같았다. 이젠 아무도 없다. 하나 남은 엄마마저 이제 내 곁에 없었다. 이제 내가 할 수 있는 건 아무것도 없었다. 혼자 남은 난 빈 껍데기 같았다.

멍하니 정신도 차리지 못하고 엄마의 방으로 향했다. 엄마의 방문을 여니 포근하고 익숙한 향기가 베어져 나왔다.

난 더 이상 엄마의 방에 이따 간, 모든 걸 내려놓을 것 같아 엄마의 방에서 나왔다.

그리고 다른 아이들처럼 평범하게 살아가야 겠다고 다짐했다. 그게 엄마의 바램일꺼란 생각이 들었다.

기사가 나가고 한동안은 시끄러웠다. 기자들은 집 앞에서

진을 쳤고, 경찰은 계속해서 엄마를 찾았지만.. 도피로 보고 조용히 지나가는 분위기였다.

그리고 난.. 엄마를 그리워하며 시간을 보냈다.

몇 년이 지난 지금, 난 아직도 학생이었다. 꾸준히 정신과 상담도 받고 있고, 또 학교도 다시 다니기 시작했다. 물론 교우관계도 나름대로 좋은 편이다. 친구들도 많이 생겨 방과 후엔 미술학원이 아닌 친구들과 함께 놀러 다니기도 했다. 내가 그토록 원하던 일이었지만, 속은 편하지 않았다.

엄마를 생각하면 아직도 마음 한구석이 너무 아프고 쓰렸다. 한편으론, 내가 이래도 되나 싶을 정도로 행복하다는 생각도 들었다. 나에겐 더 이상 엄마도, 그림도 없지만..

참 많은 일들이 있었지만, 혼자서도 잘 살아가고 있다. 엄마의 바램처럼, 강한 사람이 되고 싶어 노력도 하고 있다.

그리고 지금 학교 미술 시간, 자유롭게 그리고 싶은 그림을 그리라는 선생님의 말씀에 망설여졌다.

'내가 그림을 그릴 수 있을까?' 하는 생각이 들었다.

나는 엄마를 죽인 후 그림을 그리지 않았다. 작업실에 있는 내 캔버스, 팔레트, 물감도 먼지가 쌓였을 것이다. 그림을 그리라는 선생님에 말에 내 머릿속을 복잡하게 만들었다.

그런 내 사정을 아는지 모르는지 반 친구들은 서서히 너도 나도 그림을 그리기 시작했다.

친구들을 한참 바라보다 붓을 들었다. 뭘 그려야 할지 망설였지만.. 금세 도화지 위를 춤추듯 그림을 그리는 내 손이 보였다. 그림을 좋아하던 옛날의 나였다.

캔버스가 아닌 그저 종이 도화지인데, 내가 쓰던 고급 물감이 아닌 그저 평범한 물감인데. 왜 그리.. 그림이 잘 그려지던지.

이렇게 그림을 그리는 것이 얼마 만인지.. 너무 좋았다. 너무 즐거웠다. 내가 옛날 그대로 그림을 그릴 수 있게 된 것이 너무나 좋았다. 그렇게 완성한 그림을 선생님이, 반 친구들이 너도나도 할 것 없이 너무 잘 그렸다고 칭찬을 해줬다.

난 선생님과 친구들의 칭찬에, 소리 없이 눈물을 흘리기 시작했다. 엄마가 죽고, 난 더이상 그림을 그릴 수 없었다. 그리웠나 보다. 그림이.. 칭찬이.. 눈물이 한없이 흘러내렸다. 선생님과 친구들이 왜 그러냐며 나를 토닥였다. 그 뒤 난, 몸이 아프다는 거짓말을 하고 집으로 갔다.

집 안으로 들어갔을 땐.. 여전히 조용하고, 고요했다.

난 소파의 쿠션을 껴안았다. 포근한 쿠션은 엄마의 품 같았고, 엄마를 생각나게 했다.

눈물이 흘러내렸다.

"엄마 미안해요.. 미안해요.."

"내게 다시 그림이란 행복을 가져다 줘서 너무 고마워요.."

"엄마!.. 고맙고, 미안하고.."

"사랑해요.."

작

가

의

말

◊

작가의 말…

소중한 존재에게 상처 입힌 적이, 혹은 상처를 받은 적이 있나요?

엄마라는 존재는 우리에게 익숙한 존재이며, 소중한 존재이기도 합니다. 그리고 가족이라는 존재 또한 우리에게 익숙하고 소중한 사람입니다. 하지만 너무 익숙한 나머지 상처를 입히기 일수입니다. 아니면 상처를 받는 입장이 될 수도 있겠지요.

저에게도 엄마, 가족이라는 존재는 익숙하고 소중한 존재입니다. 그리고 상처를 입히고, 상처받는 입장이기도 합니다.

저는 여러분들에게 말하고 싶었습니다.

'소중한 분들에게 상처 입히지 말아 주세요.'

그들도 감정을 가지고 있는 사람입니다.

그들도 상처받을 수 있는 사람입니다.

'자신의 상처를 이해하지도, 회피하지 말아 주세요.'

자신 또한 소중한 사람입니다. 그들도, 당신도 똑같이 소중한 사람입니다. 세상 모든 사람은 슬픔도 아픔도 느낄 수 있습니다.

그러니 멈춰주세요.

남에게 상처 입히는 행동도, 자신의 상처를 이해하고, 회피하는 행위도 멈춰주세요.

부디.. 상처 입히지 말고, 상처받지 말아 주세요.

부디.. 슬프지도, 아프지도 말아 주세요.

부디.. 행복하게 살아 주세요.

우리는 행복하기 위해 태어났으니까요..

여러분들이 이 책을 읽고 상처를 입힌 그들에게 사과해 주신다면, 좋겠습니다. 여러분들이 이 책을 읽고 자신의 상처에 반박해 주신다면, 좋겠습니다.

그리고..

'이 글을 읽는 모든 분들이 행복하게 살았으면 좋겠습니다.'